문학과지성 시인선 445

# 고래와 수증기

김경주 시집

문학과지성사

**문학과지성사에서 펴낸 김경주의 시집**

기담(2008)
나는 이 세상에 없는 계절이다(2012, 시인선 R)

**문학과지성 시인선 445**
**고래와 수증기**

초판 1쇄 발행  2014년 2월 28일
초판 7쇄 발행  2024년 5월 30일

지 은 이  김경주
펴 낸 이  이광호
펴 낸 곳  ㈜문학과지성사

등록번호  제1993-000098호
주    소  04034 서울 마포구 잔다리로7길 18(서교동 377-20)
전    화  02)338-7224
팩    스  02)323-4180(편집)  02)338-7221(영업)
전자우편  moonji@moonji.com
홈페이지  www.moonji.com

© 김경주, 2014. Printed in Seoul, Korea

**ISBN  978-89-320-2609-1 03810**

지은이는 서울문화재단 2012 문학창작활성화지원사업기금을 수혜했습니다.

문학과지성 시인선 445

# 고래와 수증기

김경주

2014

**시인의 말**

5년 만의 시집이다.
시를 읽어주시는 모든 독자에게 감사드린다.

2014년
김경주

# 고래와 수증기

차례

# 1부
## 시인의 피

밤은 고산병을 앓기 좋아
빨간 독사에 물리기 위해
나는 숲으로 간다

# 새 떼를 쓸다

찬물에 종아리를 씻는 소리처럼 새 떼가
날아오른다

새 떼의 종아리에 능선이 걸려 있다
새 떼의 종아리에 찔레꽃이 피어 있다

새 떼가 내 몸을 통과할 때까지

구름은 살냄새를 흘린다
그것도 지나가는 새 떼의 일이라고 믿으니

구름이 내려와 골짜기의 물을 마신다

나는 떨어진 새 떼를 쓸었다

# Let me in

내 수많은 이름 중
가장 슬픈 이름은
너라는 이름이야

너를 처음 보았을 때
하얀 눈 위에
넌 잠들어 있었지
네 곁에 나는 가만히 누웠어

너를 처음 보았을 때
난 잠옷을 입고
널 따라갔어
네 잠옷 속에 들어가 웅크렸지

무서워도 난 소리 내지 않고
사랑해
무서워서 난 소리 내지 않고
사랑해

내 수많은 이름 중
가장 슬픈 이름은
네가 불러준 이름이야

# 설맹(雪盲)


신문이 끊기자
나는 새들에게 싸였다

수도가 끊기자
나는 계곡을 내려오는
물이 되었다

사람이 끊기자
나는 해바라기에 내려앉는
비둘기가 되었다

이해가 끊기자
나는 대기권이 되었다

아침에 너는 내 몸에서
단어를 찾고
나는 너에게서 수증기를 찾는다

곡기를 끊은 돌멩이
햇빛 속에서 투명해진다

바람이 끊기자
하늘이 산을 오른다

# 백치

들개는 백치일 때
춤을 춘다

바다 위
빈 전화박스 하나
떠다닌다

절벽에 표류된
등반가
품에서 지도를 꺼낸다
협곡을 후 불어
밀어내고 있다

날아가는 협곡들

바위가 부었다
조용히
연필을 깎는다

지우개는 면도 중이다

햇볕이 서서 졸다가
발밑에서 잠들었다

먹물로 그리는
폭우는 하얗다

# 햇볕에 살이 지나가네

나에겐
당신이 좋아하는
바다표범의 가죽이 있다
언젠가 나는
바다표범을
보러 갈 것이다
빙하 위에 앉아
앞발을 베고 누운
바다표범처럼
길고 느린 하품을
하러 갈 것이다
봉우리가 아닌
심해어들의 이름을 외우며
쓸쓸한 날
까만 살을 가진 너처럼
달은 물을 머금으면
더 희다
느리게 흘러가다

나는 새 떼에 번졌다
너를 기다리며
작은 빙산에 올라
날아온 갈매기를
입속에 넣어 재울 것이다
햇볕에 살이
지나갈 때까지

# 기척도 없이

새 떼에 걸려,

문장은 기척을 내기도 한다

내 얼굴에서 내려야 하는데
얼굴을 놓쳐버린 뺨처럼

문장은 행진곡을 못 듣고
횃불로 들어가
날을 지새운다
기척도 없이

아무도 모르는 내 난동과
잘 지내야 하는데

꿈속의 새가
내 베개 위에 침을 흘린다
침으로 기울고 있는

내 얼굴처럼

문장은 나의 타향살이다

기척도 없이
나를 떠난다

# 머그컵


담장에 앉아 있던 새
그 자리에
다리를 두고 날아오른다

쥐덫에 걸리면
두 발만
두고 사라진 쥐처럼

남아 있는 두 발

마네킹이 따스한
욕조에 앉아
녹는다

쥐약 먹어
눈동자가 녹아가는
생쥐처럼

발이 녹는 줄도 모르고
내 마네킹은
밤마다
몸에 비누칠을 한다

너도 나처럼
정전기와 속눈썹만
데리고 사는구나

담장과, 욕조와, 쥐덫에,

남아 있는 두 발

덮어두고 싶은
정전기가 있다

# 내 입술 위 순록들


순록들 내 입술 위를 걸어간다
혀로 발아래 얼음을 핥으며 간다

얼음 밑에 거꾸로 떠오른
누군가의 희멀건 발바닥을 핥는다

순록은 내 입술을 뜯어 먹는다 차가운 나무뿌리를,
얼어 죽은 새끼 순록의 뿔에서 돋아난
푸른 잎사귀들을 뜯어 먹는다

수염고래 한 마리가
내 입술 위로 올라온 적도 있다
귀가 뜨거워지면 얼음이 녹아내리므로
순록은 가만히 퍼덕이는 고래를 핥았다
내 입술에 쌓인 나뭇잎 아래서 순록은
사랑을 나누지 않는다

순록은 내 입술 위에 앉아

수평선이 혀에 얼어붙을 때까지
서러운 혼잣말을 한다

나는 눈들의 지느러미에서 태어났어요
나는 설국(雪國)으로 끌려가서 비관주의자들의
부드러운 암각(暗角)이 되기도 했어요
속눈썹을 얼음 위로
하나씩 떨어뜨리며
되돌아오는 길을 표시했지요

행렬 속에서 길을 잃고
얼음 위에 서서 잠들어버린 순록은,
봄이 되면 내 입술 위의 따뜻한 얼음이 된다
살얼음 아래로 녹아내려 내 입술이 된다

내 입술 위의 벼랑 끝에서
순록들은 아슬아슬하다

# 오로라
—김정환 시인에게


새 속에 소리가 뜬다
소리 속에 새가 뜨듯이
새가 내려앉기 전
전나무는 잠깐 뜬다

구름이 잠든 노루 이마 위에 뜬다
백설기가 식탁 위에
잠깐 뜨듯이
나는 내 손바닥에 뜬다

죽은 물고기 속에 물이 뜬다
가라앉는 고래의
입안에 새 떼가 뜨듯이

내가 죽기 전
열 손톱에 바닷물이 뜬다
당신이 죽기 전
내 두 발이 잠깐 뜬다


24

숨을 모으면

입안에 흰 달이 뜬다

숨을 참으면
입안에 배가 뜬다

# 시인의 피

무대 위에서 그가 맡은 역할은 입김이다
그는 모든 장소에 흘러 다닌다
그는 어떤 배역 속에서건 자주 사라진다
일찍이 그것을 예감했지만
한 발이 없는 고양이의 비밀처럼
그는 어디로 나와
어디로 사라지는지
관객에게 보이지 않는다
입김은 수없이 태어나지만
무대에 한 번도 나타나서는 안 된다
매일 그는 자신이 지은 입김 속에서 증발한다
종일 그는 자신의 입김을 가지고
놀이터를 짓는 사람이다
입김만으로 행렬을 만들고자
그는 일생을 다 낭비한다
한 발을 숨기고 웃는 고양이처럼
남몰래 출생해버릴래
입김을 찾기 위해

가끔 사이렌이 곳곳에 울린다

입김은 자신이
그리 오래 살지는 않을 것이라며
무리 속에서 헤매다가
아무로 모르게 실종되곤 했다
사람들은 생몰을 지우면
쉽게 평등해진다고 믿는다
입김은 문장을 짓고
그곳을 조용히 흘러나왔다

# 천둥

천둥은 구름 속을
혼자 다닌다
하얗게 질릴 때까지

들개의 혀에 닿아

나는 누군가의 얼굴 하나
기억하지 못한다
누군가 불을 피우면
그 속으로 들어가
얼굴을 얻고 싶다
불은 나보다 차갑다

내가 가진 빈 봉투들은 춥다
너의 사옥은
門이 여러 개지
나는 하수도를 통해
너의 빛나는 정원에

도달하는 길도 안다

그러나
단 몇 초의 키스와
단 몇 개의 촛불과
단 몇 분의 비행은
나에게 전선(戰線)이다

당신이 모르는 자연으로
나는 하얗게 질려가

얼어 죽은 사슴의 아랫배를
핥는 들개들 천둥은

들개의 혀에 닿아

죽은 사슴의 아랫배에
잠들어 있는 새들이 놀란다

누군가를 벼랑으로 밀고 태어난
소문처럼

나는 몸이 가렵다
곧 나그네는 뗄 것이다

# 13월의 월령체

1월
**숲**

내가 묻혀 있는 숲.
물이 된 내 목소리.
밤을 마시는 뿌리들.


2월
**그림자**

그림자 놀이.
부간빌리아 꽃향기.
흰 벽을 따라, 걷는다.
흰 벽을 따라 성냥을 그으며
그림자 속에서
갈비뼈 하나, 꺼낸다.

3월
## 햇볕

도시의 야영지.
손에 모은 초록벌레
불판에 굽고,
개나리를 파는 아이.
나는 밀가루보다 부드럽다.


4월
## 진눈깨비

골짜기에 버려진
산불 감시원의 모자.
불이 붙는다.
겨울에 교실 서랍에 두고 온 개구리.

거울 속에서
머리를 삐죽 내민다.


5월
**속주머니**

뒤집어놓은 주머니,
냄새가 좋아서
밤에 주머니를 오려
땅에 묻는다.
나는 너의 안락한 실내다.


6월
**헬멧**

너처럼 웃고 싶어,

아껴 그리는 눈썹.
뼈가 부러지고 싶어,
나는 부러진 뼈에, 귓속말을 한다.
병원이 헐리고
헬멧 가게, 들어온다.


7월
**밤**

밤에 태양이 달다.
스푼이
녹을 때까지.


7과 2분의 1월
**빵집**

동네 빵집은
밀을 믿는다.
갓 구운 빵은
뽀얀 귓속말 같아.
마지막 빵은 언제나 그대와 함께!
상한 우유갑을 찢는 고양이들.
나는 네 중심에서 깨어난다.


8월

**악어**


장애아를 끌고
산으로 가는 친구.
귀를 핥아주러 가는 거다.
가로막지 못했다.
얼얼한 턱을 만지며,
약속이라도 한 표정으로.

변기통에 고개를 박고
푸른 악어 한 마리 토하는 밤.


8월
**포클레인**

익사한 나무를
물속에서
끌어 올리는 포클레인.
산벚나무가 소파에 앉아
조는 꿈을 꾼다.


9월
**동물원**

15분간, 기린 옆에 눕는다.

15분간, 기린이 누웠기에.
비 오는 날의 동물원.
내 손을 놓은
풍선을 보기 위해
기린이 가만히 누웠다.


10월
**동전**

희미한 동전 소리.
신부를 데리러 온 창밖의 말발굽 소리.
연한 벌레는 만질 수 없으나
딱딱한 벌레는
죽일 수 있을 것 같아.
희미한 동전이라면.

11월

## 달

눈 위를 기어가는 뱀.
나는, 내가 사라진, 여기 남은
최후의 배열.
달로 가는 파도를 공책에 그리고
잠든다.


12월

## 새

길어지는 해 그림자 속
새 발자국 찍힌다.
주머니에 피어난 낮은 산.
나는 북미의 암벽에
대롱대롱 매달려 있다.

13월

내가 묻힌 숲.
물이 된 내 목소리.
너의 지저귐들.

# 너무 오래된 이별

불 피운 흔적이 남아 있는 숲이 좋다
햇볕에 그을린 거미들 냄새가

부스러기가 많은 풀이 좋다 화석은 인정이 많아
텅 빈 시간에만 나타난다 그 속에 누군가 잠시
피운
불은 수척하다

네가 두고 간 운동화 속에 심은 벤자민이 좋다
눈을 뜨면 나는 커다란 항아리로 들어가 구르다가
언제나 언덕 앞에서 멈춘다

고요로 가득한, 그러나 텅 빈 내 어미(語尾)들이
좋다
벽지 속에 사는 기린의 목처럼

철봉에 희미하게 남은 손가락 자국이, 악력이 스
르르

빠져나가던 침묵이 좋다 내가 어두운 운동장이
라서

너는 엄지를 가만히 내 입속에 넣어주었다

## 정겨운 우울들

당신 집에는 없고
내 집에 있는 냄비들
당신이 모으는 그릇들
내가 나르는 식기들
당신은 부드러운 베개를 모으고
나는 좁은 소매를 모으지
당신에겐 우람한 오토바이가 있고
나에겐 상냥한 모서리가 있지
당신에게는 없고
나에게 있는 냄새
국자를 까맣게 태우면
나는 눈물이 나지만
당신은 맛있는 밥을 짓지
지금은 장롱 속에 앉아 자는
엄마를 깨울 수 없다
장롱을 골목에 내다 버려도
엄마는 그 속에 앉아 있다
우린 모두 그 집에서

과도처럼 말라갔지

당신 집에는 없고

내 집엔 있는 증오들

나에겐 일요일이 너무 많았고

나에겐 아버지가 너무 많아

당신이 머리카락을 만져주던 여인들을

모두 아프게 하고 싶었어

당신에게는 없고

나에겐 있는 단추들의 이름

나처럼 웅크린 고양이는

검고 따뜻한 귀마개라 불러줘

내가 꼭 쥐고 자는 열쇠들은

파란 열대어 같아서

불을 끄면

속이불 속에서

귀를 막는 나의 자매들

# 그냥 눈물이 나

옆구리가 터진 채
해변으로 흘러온
고래의 파란 흉터에
그냥 눈물이 나

국자에 뜨거운 수프를 받아 와
다친 고래의 입술에
부어주는 소년과
입가로 흘러내리는 침에
그냥 눈물이 나

'내가 집에 데려갈게'
눈발 속에서 입을 맞추는
둘의 자폐에
그냥 눈물이 나

*

가출 후 자기 아파트 옥상 물탱크 속에서
몇 달을 살았다는
어느 여고생의 詩에
그냥 눈물이 나
"난 겁이 나……"
"나도 오늘 내 집으로 돌아가……"•
그러나 물이 들어차
무수히 많은 빵 봉지들과 함께
노란 물탱크 속에
그 소녀 카나리아처럼 떠 있었다는
죽음의 묘사에
그냥 눈물이 나

*

복권에 당첨되어 달아난 아비를
모르고 문패를 뜯어
발로 차며 노는
아이들의 천진함에
그냥 눈물이 나

입속에 천국을 만들고
북방의 달문〔月門〕을 가리는
귓속에도 살이 찐
벼슬들에게
그냥 눈물이 나

*

모든 것을 가만히 둔 채

아무것도 멈추지 않은
시인들의 생식기에
불에 태운 설탕을 좋아하는
그들의 수사에
지적인 은신처에
그냥 눈물이 나


                        *


너무 성급하게 우린
첫눈에 반해버려
그 말에 그냥 눈물이 나
시를 다시는 보지 않겠다며
지면으로 울혈을 푸는 철학자의
피곤에 대해
그냥 눈물이 나

*

언제부턴가 신문지는 꽃잎이나
말리는 것으로 사용했는데
오래된 신문을 모아 햇볕에 놓아두면
습기도 날려버리고 소란도 옮겨 놓고
활자들도 구절초나 산국이나 쑥부쟁이처럼
향기도 기슭도 버리고
사나운 시절을 견딜 것 같아 모아두었다
그런데 오늘 아침 기사는

**시집은 쌉니다**

그냥 눈물이 나
나, 그냥

● 어린왕자의 구절.

# 현대문학

내가 사랑한 반작용과
네가 사라진 부작용을 생각해본다

삶을 겨냥하면
화살은 살이 가늘어진다
죽음을 겨냥하면
과녁은 피가 희미해진다

지우개 가루가
네 주머니에 가득하다

# 고적운(高積雲)


구름이 밀려와

물방울 안으로

구름 속이 밀려와
저녁이 분다

나의 월간(月刊)에도
구름이 밀려 있어
새들이 팽창한다

구름의 수명을 닮은 문장
구름을 두근거리게 하는 단어
단어의 수명을
세어보는 아침
태양의 고요한 돌가루들
내 수명을 닮은 눈물은
사람이라 부르고 싶었다

그런 물방울은
사슴처럼
숨어 지내야 한다

저녁은
물방울이 지상의
가장 쓸쓸한
부력이 되지
아직 태어나지 않은 슬픔도
이동시키는 구름

물방울이 밀려와

2부
타다 남은 발

# 물속에 내리는 눈
—시인의 피 2

서러운 혼례처럼
흰 이를 반짝이지

겨울에 내 치아는
밤을 새운 뱀처럼 하얗고

여름에 나의 입속엔
파란 눈이 내려

내 눈송이들은
깊은 바닷속까지
내려가
숨을 참는다

# 타다 남은 발
—벽제


화장터 가마를 열었다
두 발이 남아 있다

사람들은 가만히 입을 막는다
가마 속에 남은 발을 다시 넣고 태운다

불 속으로 들어간 가마에서
몸을 끓인 죽이 흘러나온다
역한 냄새에 사람들은
코를 틀어막는다
입안에 넣어준 쌀이 익고 있다
사람들은 입에 흰 쌀을 머금고
가마를 타고 떠난
그의 눈동자를 떠올린다

가마를 열었다
그가 떠내려왔다는 해변이
삽 위로 건져 올려진다

사람들은 고개를 돌리고 눈을 감는다

가마를 열었다
곧 가마 속에도 눈이 내릴 듯하다
가볍고 견고한 휴식의
해안까지 밀려온
두 발이 남아 있는 동안

# 피아노가 된 나무 4
—to Jake Levine


오늘은
달에 나무가
처음 열리는 날

오늘은
지구로 데려온
그 나무로
피아노를 만드는 날

오늘은
달의 물방울
하나가
피아노 속에
바다를 만드는 날

오늘은
아주 조그만 구멍 속에서
달팽이들이

몸의 물기를
핥아보는 날

당신이 날 안아줄 거라고 믿는다

# 수형전(手形轉)


벽으로 손이 가고 있다
손에서 새가 흘러나온다
손은 어둠 속에서
고도를 갖는다
손에서 우리가 눈을 뜨면
우리는 새벽에 한 쌍이다
손에서 태어난 새는
자신이 누구인지 알지 못한다
나는 비밀이 많은 깃털
자신이 어디 있는지 모르는
벽 속의 새처럼
새 속에서
나는 파득거린다
오늘은 내 손가락 끝에
앉아 있는 새를
너라고 부른다
시는 내 손가락 끝의
해발에 앉아 있다

자신을 알아보지 못할
다른 쌍을 찾는 새처럼
어둠 속에서
해발을 못 느끼는
한 쌍의 손
한 손은 새가 되어
네 얼굴을 덮고 싶다
나를 만졌던
네 손을 숨기고 싶다
너는 어떤 인간인가
눈을 감고 내가
내려앉는 들에서

# 내가 이렇게 외면하고 길을 걷는 것은
—하림에게


내가 이렇게 외면하고 길을 걷는 것은

지붕 위에 던져놓은 눈부신 어금니들이 아직
그곳에 있기 때문이고 봄이면 어김없이 돌아와
내 이마 위 아지랑이를 핥는 철새가 있기 때문이다

내가 이렇게 외면하고 길을 걷는 것은

당신에겐 사소해 보이는 내 중얼거림이 밤마다
청둥오리처럼 내 몸 밖으로 날아오르기 때문이고
저녁 새 떼의 배 아래를 흐르는 바람을 보면
내 눈동자에도 한없이 다정하게 살이 오르기 때문
이다

내가 이렇게 외면하고 길을 걷는 것은

당신의 숨 속으로 들어가야만 보이는 밤하늘을
내가 아직 간직하고 있기 때문이고 그런 사사로움
으로

눈이 내리고 한없이 절벽이 파래지고 풀들이 쓸쓸히
옆구리를 흔들기 때문이다

내가 이렇게 외면하고 길을 걷는 것은

한쪽 젖이 잘린 채 당신이 빈 수저를 물고 종일
마루에 앉아 있기 때문이다
발이 삔 채 숲에 주저앉아 있는 사슴의
차가운 숨소리를 어느 문장에서 떠올리기 때문이다

내가 이렇게 외면하고 길을 멈추는 것은

슬픔은 언제나 가지런한 비밀을 가지고 있기
때문이다 혼자 외로워지기에는 너무도 붐비기 좋은
세계다 독한 놈들은 맨 아래층에 산다

우리에게 안식이 있다면 그런 의지일 것이다

• 백석의 시 제목에서 변용.

## 사시(斜視)
―시인의 피 3

너의 눈동자는 너무 추워서
다른 눈동자와 함께 지낼 수 없다
너의 눈동자는 밀입국자처럼
우리의 시야를 몰래 빠져나간다
우리가 추방해버린 시제에서
너의 시선은 세계를 밀매한다
그러나 밤이 되면 언제나
자신의 눈으로 돌아오게 되는 추위가 몰려든다
너의 눈이 보고 있을 우리의 시선은 늘 가엾다
어디에 시선을 두어야 할지 모를 때조차
우리가 너의 눈동자를 똑바로 바라보지 못하는
것은
어느 시야에서도 우리의 눈이
마주칠 공간이 부족하다는 거다
아무도 너의 눈동자를 쉽게
비웃음으로 전락시키지 못한다
너의 눈동자는 애정의 대상이 된 적도 없지만
너의 세계는 우리의 시선으로부터 가장 멀리 있어

너의 눈동자는 우리의 시야에서

가장 자유로운 곳으로 움직인다

암묵적으로 동의를 구해놓은 시야에서 우리는 참
혹하다

두 눈이 없이 태어나

평생 서로를 몰라보는 쌍둥이처럼,

한 눈씩 나누어 가지고 태어나

평생 서로의 몸을 그리워할 쌍둥이처럼,

우리는 늘 같은 방향을 보고 있지만

우리의 시선은 한 번도 같은 장소에 모여본 적이
없다

서로에게 가장 멀리 있는 것이 눈이 아니라

서로의 눈에서 가장 멀리 달아날 수 있는 것이

시선이라는 듯이

눈웃음을 친다

# 시인의 피 4


아무도
해치지 않아
이 이불 속에선

문장들
통성명
하지 않아
출생신고
하러 온
이미지들

반짝이지
맨틀에 스민
지구처럼

사슴의 뿔처럼
모호하지
연통을 잃은 굴뚝처럼
이동하지

주사위처럼
어디에 떨어져도
눈이 아파
몰래 나를
주워줄래?

공원의 침들
좋아
발 없이 굴러간
비눗방울
좋아
아무도 모르는 방
세만
놓지

매가 발톱에 쥐고 온
비눗방울처럼

# 간절기(間節期)

엄마는 아직도 남의 집에 가면 몰래 그 집 냉장고
안을 훔쳐본다
그런 날엔 집으로 돌아오자마자 이유 없이 화를
내던 엄마의
일기를, 고향에 가면 아직도 훔쳐보고 있다 궁금
해지면
조금 더 사적이게 된다 애정도 없이

내 입술이 네 입술을 떠난다 너는 카페만 가면 몰
래 스푼을 훔친다
우아한 도벽은 엄마의 철자법처럼, 걸인의 차양
모자처럼 생기가 있다

세상의 기사(記事)들은 모두 여행기다 내일이면
아무도 기억하지 못하는 특종들,
사건 뒤에 잊힌 사람들의 이름을 외우고 다닌 적
이 있다
나는 네 가계(家系)에 속해 있다 매일 사라질 가계
를 다루고 떠나는

나의 행간은 활기차다 매일 똥을 오래 눈다 이것
은 나의 기상에 해당한다
　내 가짜 이름은 너의 기상에 자주 등장한다 나는
네 허영이 마음에 든다
　허영이 없는 사람을 사랑한 적이 없으니, 이불 속
으로 들어가 푸딩을 떠먹는
　우리의 입술을 그려본다 예의도 없이

　짐승은 발톱을 깎아주면 신경질을 낸다 그렇게 서
명은 피해가며 우리는
　침묵 속에서 자주 만난다 삶은 미묘한 차이를 견
디는 일이다 수치심도 없이

　내가 낳은 혼혈아에게 두근거린다 이름을 지워도
결국 내 아이는 밝혀진다
　이미 나는 이 기상과 별거 중이다 나는 상투적으
로 투정하며 살기로 한다
　신경질적으로 그리워지겠지만

# 詩作
## ──干涉

아이들이
손등에 데려와
놀다가
놓아준
마른 개미의 숨소리
그건
저녁의 다른 이름

새들이
공책에 집을 짓기 시작한다
그건 내 살을 가진
어느 이슬들의 이름

양말을
두 손에 끼고 잠들면
더 이상 방문으로
찾아오지 않는 울음
그건 내가 만든

고아의 이름들

이를 갈며 자다가
깨어나 보니
혀에 하얀 새 떼가
돋아나는 일처럼

이 날숨으론
말[語]에게 돌아갈 수 없다

그건
지난밤
숨소리 속으로
마른 새 떼가
지나가는 일

# 비어들

거울 앞에서 입을 벌린다
입안은 저승이다

저승은 거울 속에 있다

입을 벌리고
우두커니 거울 앞에 서 있는 그는
잠시 저승을 엿본다

오직 그의 한 눈만이
입안의 저승으로 들어가는 중이다,
한 눈은 아직 이쪽에 있으므로
저승의 언어는 입안에 있다

입을 닫으면
저승은 닫힌다

지금 저승은 저곳의 세계가 아니라

이곳의 언어다

거울은 우리에게 저승을 보여주기 위해
만들어진 물성이다
우리의 눈은
거울 속 입으로 걸어가는
이승의 언어다

언어가 피해갈 수 없는 저승은
그 사람의 입안에 있다
침묵처럼

# 국도


날갯죽지가
뜯겨 나간
새 뼛조각

바닥에
마른 피

물고기를 물어 와
발등에
내려놓는 새

돌멩이를 물어 와
물고기 등에
올려놓는 새

너의 깃털에
내 비늘을 문지르면
헛김이다

발등에
파도가 오른다

돌 속으로
가라앉는 물고기

새가 짜다

내겐 이름이 없는 만큼
그만큼의 마음도 있어서……


입안의
마른 금니처럼

콩새는
멀리
황금빛으로
들판에
웅크리고 있다

물배를
채우고
헛간은
혼자
눈뜬다

검정 치마를
입으면
조금 더

76

외로워질 수 있다

피가 달아
새도 휜다

# 내의(內衣)


죽은 학 한 마리가
흘러가고 있다
베네치아의
논물 위로

누군가 몰래
벗어놓은 내의처럼
속도 없이
흘러가고 있다

# 명창

인부가 탄로를 열고 삽질을 하고 있다
아가리로 뱀들을 던져 넣고 있다
불 속에서 울고 있는 저 뱀을 보아라
칠흑 같은 뱀을 먹고
폭주하는 기관차의 지느러미를,
압력이 터질 듯 팽팽해지는 그 비릿한 증기들
뱀을 한 삽씩, 아가리에 퍼 던지던 인부는
북채와 장구를 놓고 철로로 뛰어내린다
뱀의 몸을 찢고 나오는 물고기를 보았다 한다
뱀은 술이 되지만 노래는 뱀이 한다
네 소리는 다른 행성의 돌가루가 된다
훗날 폭염은
뱀이 목젖을 허옇게 뱉어낸 곳이라 할 것이다
훗날 폭설은
달로 기어간 뱀의 거죽이라 할 것이다
철로에 귀를 대고 울던 뱀이
제 몸 위를 지나가는 벌건 기관차를 견디고 있다
입으로 기어 나오는 검은 운석들을 보며

# 진술의 힘

세상을 떠들썩하게 했던 방화범이 붙잡혔다

그는 법정에 붙들려 와 재판장 앞에서
왜 그 많은 불을 질렀느냐는 질문에 답했다

'그렇게 할 수밖에 없었습니다'

눈이 먼 방화범은
자신의 불을 한 번도 보지 못했으므로

3부
알아

시인의 피 5


무슨 대화가 오고 간 것일까?

꽃이 눈먼 벌레를 빨아 먹고 있다

# 아무도 모른다

엄마가 치마를 마당에 벗어놓고 사라진 날
나는 처음으로 치마를 입고
이상한 나라의 미소를 알아본다

처음으로 엄마가 남의 집 대문을
몰래 따고 있을 때
그 집엔 당신 말고는 아무도 살고 있지 않아요
나는 엄마를 백일째 기다리다가
싱크대 밑으로 들어가
녹아버린 눈 같아요

엄마가 눈 위에 오줌을 눈다
애야 날 왜 지붕 위로 데려왔니?
여긴 엄마의 흰 머리칼이
하늘로 다 날아갈 때까지 바람이 부니까요

눈이 내리면 나는 노트 위에 물을 그려요
누구의 일부라도 될 수 있는 물을

그런 말 마라 네 몸엔 분명
내 몸의 일부만 흐르고 있다


오랜만에 한 베개에 나란히 누우니 좋다
그런데 애야 네 흰 머리칼 냄새 때문에
도무지 잠을 못 자겠구나
슬픔이 조금 모자라도 길게 이어진다


당신의 치마 속으로 들어간
수십만 그루의 촛불들이 술렁인다
흰 구름의 일부처럼 당신은 인파 속에 잠들어 있다
대문을 열어두고
나는 당신을 찾으러 간다


당신이 더 이상 나를 못 알아보는 날부터
아무도 모른다
당신이 알아보는 나는

# 굴 story

*어떤 지도에 밤을 표기하면*
*아무도 모르는 마을에 물이 조금씩*
*차오르기 시작하고*

*어떤 밤에 아무도 모르는 지도를 펼치면*
*자신이 알고 있던 마을이 하나 사라진다*


1
화가가 수몰 지구 앞에서 화폭을 폈다
오래전 물에 잠긴 마을을 그림으로 복원하는 중
이다

세필로 댐을 부순다

어떻게 그림 속으로 수몰된 마을을
다시 데려올 것인가
고민 끝에 먼저
그는 물에 잠긴 마을을 그린 후

그림 속에서 물을 점점 비워보기로 했다


2
붓을 그림의 수면 아래로 깊이 넣고 휘젓자
마을이 붓에 출렁 흔들렸다
(그런 밤엔 자신의 뼈가 떠내려가지 않도록 주의해야
한다 오래전 수면으로 찾아오던 마을의 주민이 되기로
했다)


붓은 물속의 마을을 조금씩 화폭으로 옮겼지만
사람들 눈에 잘 드러나지 않았다
'이거 자꾸 그림 속에 물만 채우는 것 같군'
그는 그리는 것을 멈추고
그림 속 물이 마를 때까지 기다려보기로 했다
'마을이 드러날 때까지 말이야'

3

그림 속에 가득 찬 물로 인해 수위는 좀처럼 줄어
들지 않았다

물속으로 내려간 몇 개의 붓이 익사했다

그는 햇볕 아래서 붓의 장례를 치러주고

그림을 다시 마주할 때마다

화가는 그림 속 물 안을 들여다보며

자신의 뼈로 찾아오는 저녁을 보았다

사람들은 그가 왜 수몰 지구 앞에서

그렇게 오랫동안 앉아 있는지 이해하지 못했다

소문엔 물속에 아무도 들어가보지 못한 숲이

가라앉아 있다고도 했고

그가 물속에서 춤을 추고 있는 이상한 뼈들을

그리고 있는 것이라고도 했다


4

너무 많은 시간이 흘러

화가는 늙고 지쳐가기 시작했다
'저 물속의 마을을 내 두 눈에 감추어두는 편이 낫
겠어'
그는 조용히 무언가를 생각하더니
일단 자신의 그림 속으로
아무도 찾아오지 못하도록
몰래 밤을 하나 그려 넣어두었다
물속으로 밤이 천천히 흘러 내려갔다
그 밤을 그린 탓에
그러나 모든 것이 너무 어두워진 탓에
그는 다시는 그곳을 찾아가지 못했다

저녁에 그 뼈를 찾아
떠나는 나그네가 있다

# 이토록 사소한 글썽거림

정다운 사람들 떠나간다
봄날의 강아지는
무언가 불안해지면
나비를 한쪽 발로
지그시 밟고
허공을 향해 짖는다

상실에 대해
조금 생각하다가
마른 소시지를 씹다가
건포도 알갱이를 만지작거리다
호박죽을 3분 데운다
그러고도 시간이 남는다
책상 밑은 정오인가?
베개 속은 아직 밤인가?
남의 비닐하우스에
몰래 한번 들어가보고
시시한 하모니카 춘계 대회

노란 기념품 수건

어쩌다 보니

죄책감은 너무 쉬워서

웃음이 난다

동네 한 바퀴만 돌아도

사라지는 다정한 죄의식

내 삶은 명랑할수록

공포가 된다

(고래 향이 나는 치약 같은 것은 없을까?)

그러므로 나는

내 오류를 조금 돌본다

누군가의 헛것이야말로

간결하게 사랑할 수 있을 것 같다


이토록 사소한 글썽거림


이사 때마다 들고 온

마른 상자들

타인이 준 수북한 편지들
그땐 몰랐는데
오래된 편지는
먼지보다 물보라만 가득하다
편지란 누군가의 정적이
누군가의 정적을 향해
긴 수평선을 긋는 일
상실을 일러바칠 곳이 없을 때
인간은 모두 뒤로 걷는다
눈이 내리면……
뒤로 걷던 나의 서성거림
조용한 단어들의 기침
나는 그런 서성임으로
종이 속에
설국을 가득 지었으나
더 이상
내 살을 찌르지 못하는
환희와 환멸

희미해질 때까지
그것을 위해
나는 게으름을 피우리라

그럴듯한 게 아니라
그럴 수밖에 없는 것을
쓰는 거

그럴듯한 게 아니라
그럴 수밖에 없는 것을
지우는 거

그게 아니라
아니 아니, 그게 아니라
그게 아닌 것을
비껴가는 거

너는 오늘 귀국한다
내 出國을 지운다
곰의 키스를

# 한밤의 형광펜

자음은 금방 고독해진다 노랑은 내 마음으로 지쳐가도 좋아 새가 죽으면 부리가 가장 먼저 파랗게 변해가는 것처럼, 물속의 자기 코를 들여다보면 오늘밤엔 물속에서도 코로 숨 쉰다는 해마처럼 잠들 수 있어 입술을 조금 지우고, 어린 시절 가족의 종아리 모양을 떠올려본다 새로운 단어를 발명했어 이 세상에서 가장 긴 선로를 놓는 철로공의 망치 소리들, 모음들을, 우리의 세계는 밑줄을 긋고 그 위를 산책하는 자들의 세계, 빈손으로 사로잡은 모기 몸 전체에 형광펜을 칠해주고 날려주듯이, 불화여! 가슴뼈여! 안부여! 캄캄하게 오시라 내 시는 비눗방울 속에 세 내어주기

# 軸

그들은 결별해야 옳지만
그들은 아무것도 주고받지 않으면서
모든 것을 주고받는다

나침반 속에서 야생을 찾는
지혜가 그들에겐 수북하다

그들은 언제나 비밀을 가진
입술의 집무에 열중한다

그들은 우연히 어떤 자연을 배반할 수 없다
그들은 서로의 이름을 자연이라고
부르기 때문이다

그는 H이고 그는 S이고
그는 S이고 그는 J이다

이 해를

손을 들어 가린다고 해도
피하지 못한다
내가 한없이 밝게 그린
그림 속의 너는

# 0시의 활주로

관제탑에선
궤도 파악이 안 된 채
떠 있는 고공의 조종석은
일단 외부에 밝히지 않는다

이제부터 그 비행은
측량과 예측의 바깥에서 날아야 한다
계기판에 처음 보는 장작불을 피운 채
그 비행은 아무도 도착하지 않는 장소에
떨어질 것이다

첫눈처럼

시인은 그 예감으로 들어가
비행과 몰락을 중계한다

그날은 귀거래를 밝힐 수 없으니
종일 쌀을 씻는 찬물에
저녁이 스미고

그것은 이름이 존재하지 않는
달콤한 독서실
시인은 독서실에서 녹슨 철공소 하나를 지운다

교통을 유기체라 믿는 사람들이
백지에 도착한다
연필 속에서 숲이 자라는 걸
아무도 말하지 않는다

초록 해골을 목에 걸고
실패한 북을
두드리는 시인
금붕어의 아랫배에
칼금을 긋고 어항으로
다시 내려보내보는 비평가

서로 다른 비행을 경험한
그들은
활주로에선 만나지 못한다

# 백 에이커의 농장, 백 에이커의 숲

화분에 청진기를 대는 과학자
해저의 무덤들을 떠올린다

해바라기 밭으로 고양이가
기절한 새끼 쥐를 물고 간다
심장을 파먹는다

수술실 창문으로 훔쳐본
축 늘어진, 팔 한쪽

몇 년 만에 돌아온 거미가
거미줄에 청진기를 대본다

무심하게 식기를 닦는다

4부
늘 발이 차가운 당신처럼

# 책을 뒤적거리는 삶

어느 날 필통 속으로
잘못 흘러 들어온 젓가락 한 개처럼

시작해

수저통 속에 연필을 가뿐히 넣는 아이처럼

마친다

# 알아


북극열차는 메아리만 싣고 간대 승객은 없고
메아리만 알아

사람이 살지 않는 장소, 그곳엔 하얀 대리석으로
만들어진 미끄럼틀이 있고 토끼를 품에 안고
꼬마 유령들이 미끄럼틀을 타지

"너도 북극열차를 타고 왔구나.
여기선 슬픈 표정을 지으면 꿈에서 깨어나게 돼
우린 모두 발밑으로 녹아버리고
가여운 토끼들만 남아서 늙어가야 해
토끼들이 혼자 늙게 내버려두지는 않을 거지?"

"그럼 토끼털만 미끄럼틀에 남기는 거야?"

"아마도 늙은 토끼들처럼. 눈이 오길 바라며
 다음 북극열차를 기다리겠지"

"다음 북극열차엔 누가 타고 있는데?"

북극열차는 하얀 이불들만 내려놓는대 승객은 없고
이불만 알아

"이불이 도착했으니 토끼는 들어가 잠들면 되겠다"

"그럼 네가 잠든 사이 아픈 엄마는
조용히 널 놓고 눈을 뜨고 날아갈 거야
네가 그린 북극열차를 타고 하얀 이불 속에 누워
서……"

북극열차는 메아리만 싣고 간대 승객은 없고 메아
리만 알아

"토끼가 잠든 사이에. 알아. 알아."

# 자백을 사랑해

겨울엔 귀에서 물이 흘러요
헤어지면서 나는
늘 그런 인기척을 가져요

나는 안개를 마시며
지나가는 열차
한없이 길고 지루한 행간

이 터널을 지나면
수염이 좀 많아질까요

소문처럼
여러 철자들을 방문하고
너는 다정한 머리털을 가졌지

당신은 눈을 감고
울 수도 있고
당신은 눈을 뜨고도

사랑을 한대요
그런 인기척으로
어떤 문장을 하나 지었나요?

네가 술 한잔 사라!
오늘은 노동절이니
오렌지처럼 오늘은
네 옆구리에 꼭 붙어 있을게

헤어지면서 다정해지는 습관처럼
늘 발이 차가운 당신처럼

자백을 사랑해

# 본적(本籍)

혼자 느끼는 이것도
내 본적이라 부를 수 있을까?

전입신고할 때마다
한 번쯤 찾아가보고 싶던 본적처럼
어젯밤 몰래 다녀온 문장처럼
본적은 테두리가 사라진다

어느 날 아무도 몰래
자신의 본적을 다녀온 사람은
그 문장을 다시는 찾아가지 않는다
내가 지금 느끼는 이 본적이
곧 지나가도록
필흔(筆痕)은
이름 없는 백조들의 묘지로 데려갈 것이다

아직까지 본 적이 없는 내 문장
아직까지 본적도 모르는 당신의 문장

(당신들의 뜬 눈이 여기에 서식하고 있어)
그대의 본적을 모르니
아직 그대를 본 적이 없다고 해야 하나?
그대의 본적을 몰래 다녀왔으니
그대도 나의 메아리라고 불러야 하나?

목욕탕에서 넘어지신 뒤
자신의 본적을 더 이상 기억하지 못하는 아비
구청에 와서 수화기 너머로
본적을 제대로 좀 불러달라며
짜증을 내는 아들
본적을 자꾸 이상한 곳으로 불러주는 아비를
본 적이 없는데
그래도 아이가 태어났으니
체류 신고는 해야 한다
아직 그 아이를
본 적이 없으나

# 미운 오리 새끼 말고, 오리털

오리털 날린다 오리털 파카
밤에 몰래 집 안의 이불을
숲에 내다 버려본 적 있다

나무 밑동 위에 하얀 오리털
매 맞고 삼켜본 책받침 조각
딸꾹질이 되었지

아저씨 사람은 모두 죽을 때
입에 피를 흘리나요?
저수지 수문을 닫으려는 어른의
주머니를 잡고 묻는 아이

돌덩이를 발등에 올려놓고 선까지 뛰어가는 놀이
네가 진다면……
벌칙은 내 손목을 끌고 어디든 가도록 해줄게

누군가 처음 우리 집을 찾아왔을 때

너희 집은 엄청 큰 바위 같구나……

우리 집은 개미들이 엄청 많아
모두 검고 가는 허리를 가졌지

나무 밑동 위의 오리털 파카
댐 아래로 뛰어내린 사람
숲 속에 떨어진 오리털 따라가다가
주워서 고등학교 때까지 몰래 입었지
대신 그 사람 성대모사를 해주었어

삐져나온 오리털처럼
네게로 떠가는 미운 피

수면으로 사내 떠올랐다
딸꾹질처럼

# 네 살을 만지러 갈 때


네 살을 만지러 갈 때
내가 가장 뜨거운 성기를
감추었듯이

내 살을 빌려
살고 있는 새는
후손을 못 볼 것이다

시인은 그 새 떼에 살을 섞는다

이 문장에 오른 새는
사건이 될 수 있을까
되지 않을 것이다

시를 쪼아 먹는
어린 공룡들이
문건보다 사건 속에
가득하다
새가 떠나버린 문장처럼

# 배 짓는 사람

갈매기들이 책상 밑에 가득하다

암초를 상상하면 즐거워진다

까맣게 탄 양탄자를 좋아한다

고양이의 부드러운 앞발을 상자에 모은다

폭풍은 모든 창문을 깨알처럼 부수어야 폭풍이다

해일은 연필 속에 갸르릉거린다

고장 난 기관실에 가서 훌라후프를 한다

숨이 차오른다 플랑크톤처럼

내실(內室)들은 흩어져 가라앉았다

# 양 한 마리, 양 두 마리

　나의 이름은 목동, 잃어버린 나의 양 떼를 찾으러
가야 한다 어두워지기 전에
　내 피리는 벼랑 끝에 졸고 있는 나의 양 떼들을 불
러 모아야 한다 가짜 눈꺼풀을 달고
　나의 양 떼 속에 숨어 있는 늑대의 눈동자를 눈보
라라고 부른다 오늘 밤 눈부신 얼음의 나라로
　나는 그 눈보라를 데려가야 한다

　나의 이름은 목동, 나는 푸르고 긴 수염을 가진 소
년, 가난한 나의 말발굽은 너희들의 발가락을 닮아
굵어졌다 내 말발굽은 여행을 하며 수많은 구름과 마
을이 되었고 흑마술사가 되었고 아무도 모르는 딸들
이 되었다 저녁이 되면 가난한 나의 말발굽은 내가
아는 가장 슬픈 나라의 문자가 되어 눕는다

　나의 이름은 목동, 밤이 오기 전에 나는 주머니를
밖으로 꺼내놓아야 한다 나의 양 떼들이 길을 잃지
않고 내 주머니를 잡고 따라오도록, 나의 공책엔 북

치는 소년이 많아 그 소년들은 매일 거짓말을 하며
눈물을 흘린다 눈물을 멈출 수 없는 소년들은 주머니
를 꺼내놓고 양 떼를 기다린다

　나의 이름은 목동, 양 떼는 나의 가난한 거짓말에
목이 마르다 가난한 나의 거짓말은 숲으로 너희들을
데려가서 부드러운 물을 먹이고 파란 풀과 열매를 먹
이고, 수면에서 올라온 나비들을 귓속에 넣어준다 바
위에 앉아 주머니에서 딱딱한 빵을 꺼내놓고 오늘 이
것은 나의 북이라고 말한다. 내 양 떼들을 풀어놓고
오늘 이것은 나의 가난한 나의 대기(大氣)라고

　"엄마 나는 아직 내 아름다운 양 떼의 이름을 다 짓
지 못했어요 애야 너의 양 떼는 부드럽고 하얀 털들
속에 감추어진 낱말들이란다 엄마 나는 낱말 속이 추
워서, 애야 네가 잃어버린 양 떼들은 어느 바위틈에
네가 숨어 지낼 때 네 숨 속에 물이 얼기 시작하면서
보이기 시작할 거야 엄마 왜 바람의 계곡에서 나를

잃어버리셨나요? 애야 그건 네 주머니가 바람처럼 커졌기 때문이야 나는 죽어서도 너를 떠올린단다. 엄마 내 주머니가 얼지 않도록 나는 죽어서 큰 북이 되었으면 좋겠어요 애야 그건 네 몸속으로 구불구불 이어진 계단을 타고 오르는 양털 같은 거란다"

  나의 이름은 목동, 잠들지 못하는 나의 말발굽은 숨이 가쁘다 하늘을 보며 나는 양 떼를 찾는다 해변을 줄지어 가는 나의 양 떼들, 양 떼들 머리 위로 눈이 내린다 어느 왕국의 백성들이 숨어서 바위에 불을 피우고 바위에 새긴 문자를 달래고 있을까? 땅으로 내려온 양 떼들은 땅에 닿자마자 발굽을 들어 눈동자를 문지르며 졸고 있다 양 한 마리…… 양 두 마리…… 그리고 나의 대기들,

# 해변의 스쿨버스

내겐 창백한 두 발이 있어
해변에 가면
내 발은 더 하얗지
하늘로 걸어가는 동안

# 물이 새듯이
—파주


물이 새는 듯
어둠이 오기도 한다

어느 날
여기가 저승이라는 듯이
방에 물이 샌다

물 새는 소리에
내가 아는 이승이
다 담겨 있어
가만히 웅크리고 있었는데
올해는 문고리가 휘었다

물이 새는 동안

어느 날
내 문장에도
저승이 다 찼다는 듯이

발목이 참 쓸쓸해
문고리를 꼭 쥐고 잔다

문밖에서
사슴벌레가
빠진 갈비뼈를
스스로 맞추고 있다

# 파란 피
—아내에게


내 손이 네 가슴으로 처음 들어갈 때
너는 기러기처럼 내 허리를 안고
날아오르려 했다

민란(民亂) 중엔 삶은 갓난아기 다리도 먹을 줄
알아야 한다는데
사내는 피가 산보다 질겨야 한다며
너는 내 살을 따라 살며
내 몸 뼈다귀를 만져주며 살고 싶다 한다

집으로 돌아오는 길도 자꾸 잊곤 해
이다음에 나는 당신의 무덤조차 기억하지 못할 수
도 있다 하자
우린 어차피 어미의 물속에서
태어난 물거품들이라 한다

뼛속을 드나드는 돌가루를 뱉으며 시만 쓰라 한다
밥솥으로 단풍과 번개는 지을 수 없다 한다

수풀에 우는 아기를 놓고 오라 한다
매운 魂에 떨지 말라 한다

그러나 나는 몸이 가려운 오디 빛 시를 앓을 뿐
이불 속에서 내 발이 당신의 발에
닿을 때마다 서럽다
이승에 노래로는 실패한 쑥국새처럼
그래도 무덤과 봄비만은 쉬이 떠나지 못하겠다

# 잠재성의 주재자

## 조 재 룡

　　무지개를 잡으러 길을 나선 소년이 있다. 가까이 갈수록 무지개는 점점 옅어지거나 어디론가 달아나버린다. 마침내 소년은 무지개를 잡을 수 없다는 결론을 내린다. 그러나 그것이 전부는 아니었다. 형상처럼 반짝이던 무지개가 사실 어떤 실체가 아니라, 수증기를 통과하는 빛의 각도에 따라 빚어진 일시적인 환영일 뿐이라는 사실을 확인한 이 명민한 소년은, 고정된 명제처럼 떠돌아다니는 삶의 저 수많은 의문들 역시 풀리지 않는다는 제 특성을 저버리면 실상 아무것도 아니라는 사실도 재빨리 알아차렸기 때문이다. 그의 고민은 바로 여기서 시작된다. 그리고 그는 예술가가 되었다. 예술에서 고정불변의 진리를 찾아내려는 것처럼 어리석은 것이 없다고 여기는 그는, 대신, 막 당도하고 빠져나가는 어떤 운동처럼 예술을 인식해야만 예술이 애초에 품고 있던 수수께끼와도 같은 성질을 조금이나마 실천해나갈 수 있을 거라고 생각한다. 예술이 의문의 자격을 상실하면 그것으로 끝이라고 믿기 때문이다. 이제 그에게 예술은, 이 수수께끼와 같은 것들이 여기저기를 떠도는 희뿌연 성좌와 다름이 없는, 근본적인 인식의 대상이자 실천의 진원지가 된다. 그러니까 어떤 별 하나를 보려고 할 때, 별이 아니라 그 별과 근접한 다른 별들과의 거리가 그에게는 중요해졌다. 그는 좌표를 가늠하면서, 어떤 항성은 떠돌게 놔두어야 하고, 어떤 항성에는 좀더 손길이 필요하다는 사실을 잘 알고 있지만, 오히려 성좌 그 자체의 힘, 즉 항성들이 모여 함께 뿜어내는 잠재성을 포착하는 것이 훨씬 중요하다는 사실을 결코 잊지 않는다. 김경주의 네번째 시집 『고래와 수증기』는 세계를 떠돌고 있는 무정형의 자취들을 그러모아 삶의 잠재성을 일깨우기 위해, 감수성을 무기로 치러내는 통념과의 힘겨운 싸움이라고 해야 한다.


**일상적인 말을 일상적이지 않은 방식으로 되살려내다**

김경주는 획기적인 언어를 고안하거나 신어(新語)의 탐구에 몰두하면서, 비문(秘文)의 성취에 사활을 거는 시인이 아니다. 언어를 뒤틀고 탈구하여 우리를 난독의 세

계로 안내하는 '외계어'의 발명자도 아니다. 낭만의 외투
를 입고서 신비주의의 바람에 몸을 맡기며 불가능성의
음악을 연주하는 시인도 아니며, 철학에서 취해 온 난해
한 개념들로 불구의 문법을 잣는 시인도 아니다. 사실 그
의 시는 일상적이고 상투적이며, 때로는 전통적이거나
지나치게 서정적인 말들의 뭉치로 구성되어 있기 때문
이다. 따라서 그의 말들이 어떻게 교차하고 간섭하고, 왕
복하고 포개지고, 흩어지고 모이기를 되풀이하면서, 삶
을 저 신기한 곡예로 넘나드는지 유심히 살펴보는 일은
김경주가 부리는 그 어떤 낱말도 고립되어 파악될 수 없
다는 사실과 무관하지 않다. 백지 위에 말들을 배치하고
운용하는 그의 능력은, 아직 당도하지 않았거나 아직 떠
나가지 않은 어떤 상태를 지금 – 여기로 끌고 오는 일에
서 크게 빛을 뿜어낸다. 말을 운용하는 그의 독특한 방식
은 사실 어떤 '태도'와도 연관이 있다. 가령, 언어를 도구
화하거나 기존의 논리에 매몰되는 순간이 예술의 최후를
통보받는 순간이라는 저 인식은, 포착할 수 없는 곳을 주
시하고 형언할 수 없는 것을 제 말로 담아내야 한다는 의
지에서 연유하기 때문이다. 이 의지는 우선 부정성으로
표출된다. 「軸」의 전문이다.

그들은 결별해야 옳지만
그들은 아무것도 주고받지 않으면서

모든 것을 주고받는다

나침반 속에서 야생을 찾는
지혜가 그들에겐 수북하다

그들은 언제나 비밀을 가진
입술의 집무에 열중한다

그들은 우연히 어떤 자연을 배반할 수 없다
그들은 서로의 이름을 자연이라고
부르기 때문이다

그는 H이고 그는 S이고
그는 S이고 그는 J이다

이 해를
손을 들어 가린다고 해도
피하지 못한다
내가 한없이 밝게 그린
그림 속의 너는


　"그림 속의 너"의 이야기의 이면에서 바글거리는 것은
시에 대한 비판적 물음들이다. 가령 그것은, 시는 왜 반듯한 것("나침반")에서 서정("자연")을 궁리하는가, 시는 왜 "야생"의 들판에서 홀로 모험을 감행하며 존재의 심연에 가 닿고자 하는 것이 아니라, 화려한 "입술의 직무"에서 제 뿌리를 더듬거리는가, 시는 왜, 이것은 저것이고 저것은 이것이라는 식의 타성적 "지혜"에만 안주하는가, 시는 왜 "우연"이 머금고 있는 잠재력에 가 닿으려 시도하지 않는가, "그들의" 삼단논법(① 그는 H다 ② 그는 S다 ③ 그는 J다 ∴ H는 J다)은 그러나 무사한가, 와 같은 물음들이다. 협약처럼 주고받는 낡은 언어나 자명하다고 믿어온 논리적 추론의 과정들, 입술만 달싹거리며 실존을 포기한 달콤한 말들이 김경주에게는 끊임없는 부정과 의심을 통해 지워내야만 하는 무엇이며, 이때 시는 벌써 헐거운 이성에게 내미는 비판의 도전장과 다르지 않다. "누군가의 헛것"으로 "내 오류를 조금 돌"(「이토록 사소한 글썽거림」)보고자 하는 이 부정의 시학을 김경주는 "한없이 길고 지루한 행간"(「자백을 사랑해」)의 저 빈 곳들을 뒤적거려, 낯선 것들을 이접하는 작업을 통해 실현해나간다. 이런 의미에서, 제목 '軸'은, 인간의 활동이나 물리적 회전의 중심을 의미하는 것이 아니라, 지워내야 하는 통념의 구심점이자 당대의 질서가 강제하는 관성적 습관의 중심이라고 해야 한다. 그렇다면 그의 시적 실천은 어떤 방식으로 전개되는 것일까?

## 유동성의 세계에서 잠재성을 투시하다

　이 세계에서 시는 어떻게 가능할 것인가? 시인은 어떤 존재인가? 막막하고 방대하여 추론에 경도될 위험에도 불구하고, 이번 시집에서 조금 더 불거져 나온 이와 같은 물음은, 시인과 함께 이 세계를 살아내고 또 살아가는 치명적인 물음이기도 하다. 시인의 내부에서 시시때때로 솟아나, 언제 어디서고 출몰하는 유령과도 같은 물음이기 때문이다. 그러나 김경주는 개념을 앞세워서 시에 선험의 무늬를 덧입히는 시인이 아니다. 오히려 그는 개념이나 추상과는 거리가 먼 것들을 지금-여기로 끌어와, 자기만의 개념을 궁굴리며 기묘하게 운용해내는 능력에서 고유한 목소리를 성취해낸다. 그가 시선을 드리워 무언가를 끄집어내는 대상이 구름이나 수증기, 눈물이나 물처럼 자주 유동적이거나, 섬광이나 천둥처럼 부지불식간에 번쩍이는 어떤 현상이라는 점에 주목할 필요가 있다. **동일성-단일성-확실성을 벗어난 실재**라고 부를 법한 이것은, 차라리 김경주에게는 시의 조건인 동시에 시의 윤리이기도 하다는 말도 미리 적어둘 필요가 있겠다. 「새 떼를 쓸다」를 첫 시로 배치한 것은 그러니까 다분히 전략적이다. 전문을 인용한다.

　　찬물에 종아리를 씻는 소리처럼 새 떼가

날아오른다

새 떼의 종아리에 능선이 걸려 있다
새 떼의 종아리에 찔레꽃이 피어 있다

새 떼가 내 몸을 통과할 때까지

구름은 살냄새를 흘린다
그것도 지나가는 새 떼의 일이라고 믿으니

구름이 내려와 골짜기의 물을 마신다

나는 떨어진 새 떼를 쓸었다

"새 떼" "구름" "물" "살"은, 비교적 간결한 위의 작품
에서뿐만 아니라, 시작(詩作)과 관련하여 시집 곳곳에서
강력한 은유의 체계를 구축해내지만, 이 은유를 크게 투
통하는 것은 실상 "날아오른다" "흘린다" "통과한다" "마
신다"같이, 유동적인 운동이나 행위와 연관된 술어들이
다. "찬물" – "소리" – "새 떼" – "종아리" – "능선" – "찔레
꽃" – "내 몸" – "구름" – "살" – "골짜기" – "물"의 세로축
에 '씻다 – 날다 – 걸리다 – 피다 – 통과하다 – 흘리다 – 내
려오다 – 마시다 – 떨어지다 – 쓸다'의 가로축이, 먼 것을

지금-여기로 걸어 들어오게 하는 식으로 기이하게 결합되어, 행간의 보폭을 크게 벌리고, 순환적인 이미지 하나를 부상시킨 다음, 거기서 생겨난 탄력을 나의 주관성("새 떼의 일이라고 믿으니")으로 살그머니 비끄러맨다. 장면 하나가 채 사라지기 전에 다른 장면을 그 위에 포개어 피사체의 초점을 흩트리는 방식으로 각 행이 조율되고 있다는 사실도 빼놓을 수 없을 것이다. 그러나 주목해야 하는 것은 "새 떼"가 사실상, 어떤 실체라기보다, 세상의 모든 실체들(이 작품에 국한하자면, "찔레꽃"이나 "능선", "구름"이나 "골짜기")에 가 닿을 가능성을 제 몸짓으로 (안에) 머금고 있는 존재라는 사실이다. "새 떼가 내 몸을 통과할 때까지" 내가 기다린다는 것이나 "나는 새 떼에 번졌다"(「햇살에 살이 지나가네」) 같은 언술은 따라서 "새 떼"의 **행위 잠재성**을 내 몸으로 오롯이 인식하고자 할 때, 비로소 시적 상태에 돌입한다는 것을 말해준다.

이 잠재성은 "새 떼"가 할 모든 일과 "새 떼"가 갈 모든 곳, "새 떼"가 날아오르는 순간이나 내려앉을 때, 나아가 "수증기"나 "입김", "물"이나 "구름" 같은 무정형의 산물들이 우리의 눈앞에서 펼쳐낼 일시적인 장면이나 그 장면들이 교호하면서 빚어낸 움직임들, 그 움직임에 내장된 그들의 삶 그 자체다. "새 떼"의 잠재성은 그 어떤 규칙이나 질서에 속박되지 않아, 우리의 예상이나 추론에서 빗겨서 있지만, 그렇다고 불가능성과 동일한 것은 아니다. 잠재성은 오히려 '순간적인 것 – 불안정한 것 – 부유하는 것 – 이동하는 것'의 실현 가능성을 끊임없이 타진하면서도, 결코 지금 – 여기를 벗어난 가정의 상태를 전제하는 법이 없기 때문이다. "새 떼"가 단수가 아니라 복수라는 점도 부기해둘 만하다. 그러니까, 이 시인은, 마치 성좌 위를 떠돌고 있는 자잘한 항성들이 서로 모이고 흩어지면서 빚어내는 파편적인 총체처럼, 반드시 복수의 형태로 존재하는 무엇, 헤아리기 어려운 무엇, 제 잠재력을 한껏 머금고 있는 것들에서 시의 젖줄을 끌어오는 것이며, 심지어, 이것들을 그러모아("떨어진 새 떼를 쓸었다") 간직한 상태를 제 시에서 보존해내고 현실로 끌어내야 한다고 생각하는 것이다. 시인이 유동적인 것에 자주 붙들리는 까닭이 여기에 있다.

구름이 밀려와

물방울 안으로

구름 속이 밀려와
저녁이 분다

나의 월간(月刊)에도
구름이 밀려 있어

새들이 팽창한다

구름의 수명을 닮은 문장
구름을 두근거리게 하는 단어
단어의 수명을
세어보는 아침
태양의 고요한 돌가루들
내 수명을 닮은 눈물은
사람이라 부르고 싶었다

그런 물방울은
사슴처럼
숨어 지내야 한다

저녁은
물방울이 지상의
가장 쓸쓸한
부력이 되지
아직 태어나지 않은 슬픔도
이동시키는 구름

물방울이 밀려와

　　　　　　　　　──「고적운(高積雲)」 전문

구름의 흘러가는 모양새나 뭉실뭉실한 이미지, 기차가 뿜어낸 증기나 강가를 흐르는 액체의 저 정박되지 않는 유동성은 대관절 무엇인가? 일시적인 것이 응고되어 잠시 보존되는 스냅 사진과도 같이, 나타났다가 사라지고, 가뭇없어졌다가 이내 다시 오롯해지는 저 이미지의 행렬은 대체 어떤 구성력에 힘입은 것인가? 시인에게 그것은, 내면에서 들끓고 있는, '표현되지 않는 것 - 설명되지 않는 것 - (기존의) 언어와 감성으로 포착하지 못하는 것 - 경계로는 분할되지 않는 것 - (기존의) 질서에 포획되지 않는 것'을 세계에 사실처럼 등재하고자 할 때, 반드시 취할 수밖에 없는 필연적 매개였던 것은 아닐까. 유동성은 '딱딱한 것 - 정체된 것 - 몰려 있는 것'을 취하해낸 자리를 시에 마련해주는 무엇으로써, 일시성과 우연성에 기대어 **지금 - 여기의 다른 것을 지금 - 여기에서 일구어낼, 시적 고안물**이라고 해야 한다. 보들레르가 인상파 화가들의 작품에서 눈여겨보았던 이 유동성이 보들레르 자신에게 가족이나 국가, 아름다움이나 사랑, 화폐나 상품, 당대의 제도나 지성, 문물이나 사상과 오롯이 포개어지지 않고 미끄러지는 어떤 사유를 담아낼 개념이었다면, 김경주에게는 당대의 질서와 통념으로는 포섭되지 않을 "지상의/가장 쓸쓸한/부력"이자, 형태를 미처 부여받지 못한 것들이 지금 - 여기에서 우리에게 말을 걸고, 우리가 있는 이 세

132

계에 내려놓는(을) 것을, 감수성에 의지해 표현해낼 훌륭한 동인인 것이다.

"구름"이나 "물방울", "비릿한 증기들"(「명창」)이나 "수증기"(「설맹(雪盲)」), "안개"(「자백을 사랑해」)나 "문장을 짓"는 "입김"(「시인의 피」), "누구의 일부라도 될 수 있는 물"이나 "흰 구름의 일부"(「아무도 모른다」)처럼, 시집 구석구석에 스민 **'일시적인 것 – 빠져나가는 것 – 우연적인 것'**은 이 시인이, 질서의 획일성이나 진리의 확실성, 아름다움의 정형성이나 기존 언어의 상투성의 딱딱한 껍질을 깨부수고서, 그 안에 웅크리고 있는, 심연과도 같은 속살을 보듬어낸 무엇인 것이다. 김경주는 바로 이 유동성을 무기처럼 그러쥐고서 "내 삶을 가진/어느 이슬들의 이름"(「詩作」)을 부르며, 당대의 질서와 당대의 통념에서부터 끊임없이 미끄러지려고 시도한다.

신문이 끊기자
나는 새들에게 싸였다

수도가 끊기자
나는 계곡을 내려오는
물이 되었다

사람이 끊기자

나는 해바라기에 내려앉는

비둘기가 되었다


이해가 끊기자

나는 대기권이 되었다


아침에 너는 내 몸에서

단어를 찾고

나는 너에게서 수증기를 찾는다

　　　　　　　　　　　　　　　—「설맹(雪盲)」부분


　"신문" "수도" "사람" "이해"를 각각, '정보' '문명' '사
회' '소통'으로 바꾸어 생각해볼 수도 있겠다. 그러나 "끊
기자"라고 발화하는 순간, '흩어져 있는 것("새들") - 흐
르는 것("계곡을 내려오는/물") - 떠 있는 상태("해바라기
에 내려앉는/비둘기") - 떠도는 것("대기권")이 미끄러지
는 운동 상태에 진입하며, 바로 이 운동이 시를 운용하는
조직이라는 사실을 기억해둘 필요가 있다. 김경주가 제
시에 주인의 자격을 부여하는 것은 바로 이처럼, 유동하
는 것들, 그러니까 "수증기"와 같이 머무르지 않고 흘러
가는 것들—분자처럼 흩어져 있는 것들이 함축하고 있
는 무엇, 한마디로, **실재하지 않으나 존재하는 것들의 잠재성**
이기 때문이다. 그런데 물음은 좀더 근본적이어야 한다.

잠재성을 흔들어 일깨우는 일이 왜 그토록 중요할까? 지금-여기에 존재할 수도 있었을 무엇, 담아낼 수도 있었을 사유, 넘어갈 수도 있었을 경계, 발설할 수도 있었을 언어를 포기하는 예술가는 진정한 예술가가 아니라고 생각한 것은 아닐까? 실현하기 어려운 것들을 마치 실재의 사건처럼 표상해보는 일, 미지(未知)로 기지(旣知)를 일깨워 구체적으로 그 결과를 기록해보려는 모험에 시의, 아니 예술의 운명이 달려 있다고 말하는 것은 아닐까? 질서 위를 떠도는 무질서, 저 희미하게 늘어선 섬들의 고유한 논리를 찾아내기 위해, 그는 길들여지지 않은 "들개"가 되거나, 심지어 이 들개조차 "백치"("들개는 백치일 때/춤을 춘다", 「백치」)가 되어야 한다고 믿는다. "들개의 혀"로 발화할 때, 비로소 길들여지지 않은 말들이 움터 나오기 때문이며, 바로 이러한 (시적) 논리가 타당성을 확보하기 위해 필요한 것은 잠재성에 가 닿을, 다른 눈이다.


## 도착(倒錯)의 사각에서 세계의 잠재성을 흔들어 깨우다

김경주의 시는 잡힐 듯 잡히지 않는 것들과 완성될 듯 완성되지 않은 것들을 그대로 놓아두는 동시에, 그 상태를 깁고 있는 마디마디가 서로를 덧대면서 그려내는 주관적인 이미지의 운동성을 포착하여 제시함으로써, 세상의 심리 안으로 누구보다도 깊숙이 침투한다. 공중을 유영하는 손짓으로 복수(複數)의 다층적인 결을 남기는 그의 시가, 불투명한 언어의 뭉치들을 들고서 시의 중심에 타격을 가하며 비판적 작업에 임하는 것은 우연이 아니다. 이때 필요한 것이 바로 다른 눈이다.

　　너의 눈동자는 너무 추워서
　　다른 눈동자와 함께 지낼 수 없다
　　너의 눈동자는 밀입국자처럼
　　우리의 시야를 몰래 빠져나간다
　　우리가 추방해버린 시제에서
　　너의 시선은 세계를 밀매한다
　　그러나 밤이 되면 언제나
　　자신의 눈으로 돌아오게 되는 추위가 몰려든다
　　너의 눈이 보고 있을 우리의 시선은 늘 가엾다
　　어디에 시선을 두어야 할지 모를 때조차
　　우리가 너의 눈동자를 똑바로 바라보지 못하는 것은
　　어느 시야에서도 우리의 눈이
　　마주칠 공간이 부족하다는 거다
　　아무도 너의 눈동자를 쉽게
　　비웃음으로 전락시키지 못한다
　　너의 눈동자는 애정의 대상이 된 적도 없지만

너의 세계는 우리의 시선으로부터 가장 멀리 있어

너의 눈동자는 우리의 시야에서

가장 자유로운 곳으로 움직인다

암묵적으로 동의를 구해놓은 시야에서 우리는 참혹하다

두 눈이 없이 태어나

평생 서로를 몰라보는 쌍둥이처럼,

한 눈씩 나누어 가지고 태어나

평생 서로의 몸을 그리워할 쌍둥이처럼,

우리는 늘 같은 방향을 보고 있지만

우리의 시선은 한 번도 같은 장소에 모여본 적이 없다

서로에게 가장 멀리 있는 것이 눈이 아니라

서로의 눈에서 가장 멀리 달아날 수 있는 것이

시선이라는 듯이

눈웃음을 친다

— 「사시(斜視)」 전문


　　획일성과 결정성을 거부하는 눈짓으로 사랑을 속삭
이거나 그리움을 불어넣으면서, 타인과의 관계를 살갑
게 조절해내는 이 복화술은 대체 무엇이란 말인가? "어
느 시야에서도 우리의 눈이/마주칠 공간이 부족하다"라
는 언술은 '새로운 눈'으로 세상을 주시해야만 한다는 비
평적 예각이지만, 오히려 주목해야 하는 것은, 함께 지낼
수 없는 것을 공존하게끔 붙들어 매는 시선, 바로 그 시선

이 공존하는 방식에 의거해 시가 조직되어 있다는 사실이다. 단일한 것 – 단단한 것 – 고정된 것이 포착할 수 없는 어떤 상태를 주시해낼 눈이 바로 "사시"라고 생각할 수 있겠다. 그러나 김경주는 '보이는 곳'과 '보지 못하는 곳'이라는 흑백의 돌로 "사시"의 운명을 결정짓지 않는다. 서로 어긋나는 a와 b의 개별성에만 주목하는 방식을 택하는 것도 아니다. 김경주에게 중요한 것은 "한 번도 같은 장소에 모여본 적이 없"는 시선과 "너의 눈이 보고 있을 우리의 시선"이, 서로에게서 끊임없이 어긋나는 활동의 과정, 그러니까 그 실패의 순간들을 잇고 있는 어떤 운동이기 때문이다. 김경주는 '있다/없다'라는 이항대립의 논리에 붙잡혀 서로 어긋나기를 반복하는 두 시선을 하나로 합하자는 식의 화해를 청하거나, 엇나감을 극단적으로 대비시키는 대신, 오히려 "사시"의 그 특성 때문에 서로 멀리 달아나게 되는 운동성에 좀더 중요한 가치를 부여한다. 다시 말해 그가 주목하는 것은 실체 그 자체가 아니라("서로에게 가장 멀리 있는 것이 눈이 아니라"), 지금 – 여기에서 이 두 실체가 어긋나며 빚어내는 운동("서로의 눈에서 가장 멀리 달아날 수 있는 것"), 그러니까 그 행위의 잠재성인 것이다. "암묵적으로 동의를 구해놓은 시야"로 포착해내지 못하는 이 "사시"의 잠재성은, 오로지 시선의 쉼 없는 어긋남을 통해서만 '존재하고 존재할' 실재의 세계에 속한다. 이 세계는 a와 b 두 시선이 헛

돌고 갈라서고 마는 무(無)의 공간이 아니라, "가장 자유
로운 곳"으로 쉼 없이 달아나는 저 운동에서 a와 b가 제
정체성을 찾게 될 지금 – 여기의 세계, 다시 말해 시선에
내재되어 있는 특성이지만 아직 발현되지 않은 어떤 세
계, 어떤 대상이 운동으로 제 정체성을 다시 궁리하게 되
는 미지의 세계다. 이 세계를 붙들기 위해 시가 무엇을 할
수 있는지, 이 세계를 그려내기 위해 시의 '붓'이 무슨 일
을 수행할 수 있는지를 가장 잘 보여주는 시가 바로 「굴
story」다. 앞 부분이다.

화가가 수몰 지구 앞에서 화폭을 폈다
오래전 물에 잠긴 마을을 그림으로 복원하는 중이다

세필로 댐을 부순다

어떻게 그림 속으로 수몰된 마을을
다시 데려올 것인가
고민 끝에 먼저
그는 물에 잠긴 마을을 그린 후
그림 속에서 물을 점점 비워보기로 했다

—「굴 story」 부분

나는 화가다. 나는 "오래전 물에 잠긴 마을을 그림으로

복원"하려 한다. 그러나 그렇게 할 수가 없다. 마을이 벌써 사라진 '이후'이기 때문이다. 따라서 발상을 바꾸어야 한다. 그 결과 나는 "세필로 댐을 부순다". 수채화의 방식을 버리고 유화의 그것을 채택할 때, 역순으로 색을 부리며 화폭을 하나씩 메워나가야 하는 것처럼, 나는 물을 저장한 "댐"을 우선 터뜨리는 것이 우선이라고 여긴다. "세필로 댐을 부순다"를 하나의 연으로 구성해낸 저 여백에 잠시 무게를 둔다면, "댐"을 세밀한 "붓"으로 부수어 마을을 물로 채운다는 발상이라고 볼 수 있으며, 이는 필경 예술가를 사로잡은 어떤 각성의 상태와 무관하지 않다고 해야 할지도 모르겠다. 따라서 "댐"을 부수어 이전의 마을이나 지금의 마을을 모두 쓸어낸 이후에야 예술이 오롯이 제 꽃을 피울 수 있는 것일까? 당대의 질서와 통념에 총체적인 파국을 선언하는 것으로 모자라 모든 것을 쓸어내고 지워버린 이후의 세계에서 무언가를 다시 착수할 때, 예술이 제 의문의 자격을 저버리지 않을 것이라고 믿는 것일까? "물"을 터뜨리는 '성스러운 폭력'의 알레고리로 모든 것을 쓸어냄으로써 우리는 과연 백지를 손에 쥐게 되었을까? "물속의 마을"은 이렇게 새로운 화폭 위에서 제 모습을 드러낼 것인가? 아마 그렇지 않을 것이다. 왜냐하면 댐을 부수어도 마을에서 물이 빠져나가는 것은 아니기 때문이다. 통상 수몰 지구의 아래에 댐이 있다고 생각하면, 댐을 부순다고 해서 마을이 오롯이 제 실체를 드러낸다는 생각은 이렇게 모순을 낳는다. 여기에는 이 설명만으로는 충족되지 않는 무엇이 있다. 김경주는 오히려 물을 머금고 있는 상태를 제 시에서 보존해내고 그 양태를 기록하는 일이 더 중요하다고 말하고 있기 때문이다.

> 붓은 물속의 마을을 조금씩 화폭으로 옮겼지만
> 사람들 눈에 잘 드러나지 않았다
> '이거 자꾸 그림 속에 물만 채우는 것 같군'
> 그는 그리는 것을 멈추고
> 그림 속 물이 마를 때까지 기다려보기로 했다
> '마을이 드러날 때까지 말이야.'
>
> ─「굴 story」 부분

예술가는 응당 "붓의 장례"를 치르기도 할 것이며, "자신의 뼈"를 깎는 고통을 지불해야만 할 것이다. 그렇게 한다 해도, 그의 예술은 계속해서 실패를 거듭할 것이다. 이 실패의 과정에서 예술가는 자기만의 손길로 "마을"을 담아내고서("아무도 찾아오지 못하도록/몰래 밤을 하나 그려 넣어두었다"), 그 비밀을 남몰래 간직한 다음, 또 다른 실패를 준비하려 서둘러 길을 떠나야 할 것이다. 그렇게 마을은 끝내 제 모습을 드러내지 않을 것이다. 그런데 뭔가 허전하다. 왜 허전한 것일까? "수몰된 마을"을 자신의 붓 터치로 빚어내야 하는 매 순간들이, **실재하지 않지만 존재하는 어떤 상태에 대한 탐사**처럼 작품 전반에서 조율되고 있기 때문은 아닐까. 마을을 그리는 행위와 그 실패의 되풀이 가능성이 아니라, 물에 잠긴 마을을 그려보고, 그리다가 잠시 멈추고, 잘 보이지 않아 물끄러미 주시하고, 모습이 드러나기를 기다려보고, 그렇게 다시 그림에 착수하는 저 행위의 재개(再改) 과정에서 사라진 것 같지만 결코 없어지지 않는 것들, 가루가 되었지만 결코 소진되지 않는 것들, 떠올랐지만 결코 떠오르지 않은 채 존재하는 것들, 말려내도 늘 축축한 것들이 우리를 찾아오기 때문이다. 김경주는 불가능성이나 가능성의 이분법으로는 설명될 수 없는 어떤 세계, 우리가 잠재성이라고 말해온 이 '실재하지 않지만 존재하는 세계'를, 물에 빠진 상태를 화폭으로 옮기고자 하면서 실패를 반복하는 화가의 우화를 통해 담아낸다. 따라서 제목의 '굴'은 어둡고 컴컴한 상태에 대한 알레고리이며, 'story'는 바로 그 상태를 이야기한다는 것을 의미한다. 이처럼 김경주는 드러나면 다시 어두워지고, 어두워지면 다시 모습을 조금 내비치는 어떤 잠재적 상태, 아니, 그 상태가 살아내는 삶과 그 상태가 머금고 있는 역사를 일깨우고자 자구와 자구, 행간과 행간을 더듬어나간다.

언제부턴가 신문지는 꽃잎이나

말리는 것으로 사용했는데

오래된 신문을 모아 햇볕에 놓아두면

습기도 날려버리고 소란도 옮겨 놓고

활자들도 구절초나 산국이나 쑥부쟁이처럼

향기도 기슭도 버리고

사나운 시절을 견딜 것 같아 모아두었다

—「그냥 눈물이 나」 부분

　신문지의 잠재성은 신문지가 살아온 경험들을 시에서 보존하는 일로 모습을 드러낸다. 신문지 위에서 "구절초" "산국" "쑥부쟁이"가 살았던 흔적은 어디론가 휘발되면서 저 활자들로 바글거리는 "신문지"에 제 자취를 새겨놓는다. 김경주는 바로 이와 같은 잠재적 상태를 보존하면서("모아두었다"), 제 "사나운 시절"을 견딘다고 말한다. 그의 시집에서 '~때까지'가 빈번하게 등장한다는 것은 이런 점에서 주목할 만하다. 그것은 무언가 스며들고서 다시 사라질 때까지, 무언가 모습이 드러나서 다시 희미해질 때까지, 바로 그 시간, 예컨대, '지금 - 막 - 방금'의 순간에 거주하는 것이 바로 잠재성이라는 사실과 결코 무관하다고 할 수 없다. 방금 당도하고서 빠져나가는 무언가를 포착하여 세계의 이면을 주시하고자 하는 저 시도, 가능성 - 불가능성의 이분법에 매몰되지 않고서 '동일성 - 단일성 - 확실성'을 벗어나 있는 어떤 잠재적 상태

를 포착해내려는 시도를 통해, 김경주는 제 시의 현대성
을 모색해나간다.


## 잠재성은 모더니티가 선사한 선물이다

모더니티는 과잉의 상태에 가까운 모더니즘과 달리,
미끄러지는 어떤 특성과 연루되어 있는 개념이다. 현대
성이 어떤 상태들을 관통하는 '특수성'에 가깝다면, 같은
어원에 뿌리를 둔 모더니즘은 이러한 특성들이 고여 차
츰, 집단적으로 표출되는 현상을 의미한다. 그것은 따라
서 불과 몇 년이 지나면, 엇비슷한 발현들의 구심점을 찾
아내 균일한 집합을 추출해내고, 그 결과물에 정당성을
부여하면서 차츰 제 외연을 넓혀낸다. 그 과정에서 모더
니즘은 당대의 질서와 통념에 기대거나, 아예 그것을 자
청하기도 하면서, 가령 분류될 수 없는 것을 명료하게 분
류하고, 선명하게 구별해내기 위해, 이질적인 것 – 무정형
의 것 – 포착되지 않는 것이 머금고 있는 잠재성을 부정
하는 일에 착수하기 시작한다. 현대성이 잠시 머물고서
미끄러져 어디론가 이동한 자리에서 만개하는 것이 바로
모더니즘인 것이다. 모더니즘이 제 정체성을 강화해나가
는 순간은 현대성의 특수성이 어떤 도식으로 환원되기
시작하는 순간이기도 하다. 물론 그 순간, 현대성은 이미

거기에 없다. 현대성이 떠나온 자리에 남겨지는 것은 이렇듯 동시대성뿐이다.

> 내가 가진 빈 봉투들은 춥다
> 너의 사옥은
> 門이 여러 개지
> 나는 하수도를 통해
> 너의 빛나는 정원에
> 도달하는 길도 안다
>
> 그러나
> 단 몇 초의 키스와
> 단 몇 개의 촛불과
> 단 몇 분의 비행은
> 나에게 전선(戰線)이다
>
> ──「천둥」부분

현대성의 저 빠져나가고 미끄러지는 성질을 우리는 문맥과 발화의 방식에 전적으로 의존하여 추적해볼 수 있을 뿐이다. 현대성은 이렇게 '방금'이나 '이제 막'과 같이 빠져나가는 표현들이나 어법, 그러니까 근접 – 과거와 근접 – 미래 사이에서 행해지는 운동성이나 유동성을 발화하는 징표를 통해, 미끄러짐을 수행한다. 현대성이 오로지 유동성과 불안정성을 운동으로 환원해낸다는 자격으로서만, 오로지 잠재성을 일깨운다는 조건하에만, 세상의 모든 '이즘ism'들과 통념에 맞서 싸움을 개진하는 것은, 끊임없이 미끄러지는 상태를 시에서 구현해내는 말들이 벌써 비판적이기 때문이다. 현대성은 정체되지 않고 어딘가로 미끄러지는 행위에서 제 비평의 징표를 얻어낸다. "단 몇 초"의 어떤 순간, "단 몇 개의 촛불"로 밝혀질 공간, "단 몇 분"을 날아오르는 몸짓처럼, '막 이루어진 무엇'(근접 – 과거)과 '곧 이루어낼 무엇'(근접 – 미래) 사이에서 시인은 미끄러짐의 수행자의 자격으로, 통념의 "사옥"과 저 "빛나는 정원"에 맞설 "전선"을 구축해낸다. 김경주의 시에서 자주 목격되는, 방금 도착하거나 막 떠나가는 행위를 통고하는 구문("새가 떠나버린 문장처럼", 「네 살을 만지러 갈 때」, "새가 내려앉기 전/전나무는 잠깐 뜬다", 「오로라」)이나 이동하는 양태를 담아낸 문장들("그는 모든 장소에 흘러 다닌다", 「시인의 피」), 부유하는 모습을 그리는 데 바쳐진 거개의 표현들이 바로 현대성의 징후이며, 그 중심에는 물론 유동성이 자리한다. 사라지면서도 없어지지 않는 것들, 소진하고 난 다음에도 회귀하는 상태, 비워내자 다시 채워지는, 이 현대성의 인장들은 김경주의 시에서 끊임없이 재개하는 미끄러짐의 운동으로 발현되면서, 전혀 예상하지 못한 세계로 우리를 데리고 간다. 「시인의 피」의 전문이다.

무대 위에서 그가 맡은 역할은 입김이다

그는 모든 장소에 흘러 다닌다

그는 어떤 배역 속에서건 자주 사라진다

일찍이 그것을 예감했지만

한 발이 없는 고양이의 비밀처럼

그는 어디로 나와

어디로 사라지는지

관객에게 보이지 않는다

입김은 수없이 태어나지만

무대에 한 번도 나타나서는 안 된다

매일 그는 자신이 지은 입김 속에서 증발한다

종일 그는 자신의 입김을 가지고

놀이터를 짓는 사람이다

입김만으로 행렬을 만들고자

그는 일생을 다 낭비한다

한 발을 숨기고 웃는 고양이처럼

남몰래 출생해버릴래

입김을 찾기 위해

가끔 사이렌이 곳곳에 울린다


입김은 자신이

그리 오래 살지는 않을 것이라며

무리 속에서 헤매다가
아무로 모르게 실종되곤 했다
사람들은 생몰을 지우면
쉽게 평등해진다고 믿는다
입김은 문장을 짓고
그곳을 조용히 흘러 나왔다

"어디로 나와/어디로 사라지는지" 보이지 않는 무엇,
"수없이 태어나지만/무대에 한 번도 나타나서는 안" 되
는 이 "입김"을 우리는 현대성의 수행자라고 불러도 좋
을 것 같다. "자신의 입김을 가지고/놀이터를 짓는 사람"
"입김만으로 행렬을 만들고자" 하는 사람은, 따라서 "일
생을 다 낭비"할지언정, 한곳에 고이지 않는다는 특성과
한곳으로 수렴되지 않는 기질로 삶을 살아내는 사람이
다. 그는 오히려 무엇을 만들고 나면, 끊임없이 그 상태에
서 빠져나와 "입김"처럼 어디론가 흘러가야만 하는 사람,
제가 궁리한 것이 정체되어 새로움을 잃기 전에 서둘러
다른 곳으로 향할 채비를 서두르는 사람, 그러니까 그는
"문장을 짓고/그곳을 조용히 흘러 나"온 사람이다. 그는
"교통을 유기체라 믿는 사람"이기도 하며, 결국 이 '유동
성'으로 "백지에 도착"(「0시의 활주로」)하고 마는, 근접 –
과거를 주조하는 사람이다. 그는 잠재성의 세계를 주시
하고자 끊임없이 시도하는 사람, 그러니까 거울 앞에서

입을 크게 벌리고 "언어가 피해갈 수 없는 저승"(「비어들」)을 들여다보려는 사람이자, "폭주하는 기관차"에서 "인부가 탄로를 열고 삽질을 하고 있"는, 저 활활 타오르는 "아가리"(「명창」)에 들어가는 자, 아직 시가 되지 못한 말들이 아슬아슬하게 매달려 있는 "내 입술 위의 벼랑 끝"(「내 입술 위 순록들」)을 위태로운 시선으로 좇는 자이자 "측량과 예측의 바깥에서" 제 시를 궁리하며 "비행과 몰락"(「0시의 활주로」)을 예감하는 자이며, "아직까지 본 적이 없는 내 문장"(「본적(本籍)」)으로 "아무도 도착하지 않는 장소" "이름이 존재하지 않는"(「0시의 활주로」) 저 미지의 세계에 발을 들여놓아 그것을 실재의 자격으로, 실재의 사건으로 이 세계에 내려놓으려 시도하는 잠재성의 수행자다. 그는 타자에 입사하려는 몸짓 하나로 세계를 잠재성의 공간으로 환원해내는 자다.

나의 이름은 목동, 나는 푸르고 긴 수염을 가진 소년, 가난한 나의 말발굽은 너희들의 발가락을 닮아 굵어졌다 내 말발굽은 여행을 하며 수많은 구름과 마을이 되었고 흑마술사가 되었고 아무도 모르는 딸들이 되었다 저녁이 되면 가난한 나의 말발굽은 내가 아는 가장 슬픈 나라의 문자가 되어 눕는다

— 「양 한 마리, 양 두 마리」 부분

잠재성은 '그렇지 않다'와 '그렇다'를 오가며, 하나의 항으로 다른 항을 취소하는 부정 – 긍정이나 가능성 – 불가능성의 이항대립에 갇히지 않는다. 잠재성은 비개념적인 것의 개념들, 비의미적인 것의 의미들, 비질서적인 것의 질서들을, 실재가 아니라 실재의 사건처럼 시에 붙들어 매는, 그 과정을 운동처럼 재현하는, 현대성이 선사한 선물이다. 김경주는 무수한 해답들이 배후를 떠돌고 있는 수수께끼의 어느 알 수 없는 골목으로 접어드는 미지의 경험을, 잠재성의 이름으로 한가득 우리에게 풀어놓았다. 당대의 신념과 당대의 언어와 당대의 사유를 의문의 비등점까지 끓어오르게 하는 일은, 이처럼 당대의 신념과 당대의 언어와 당대의 사유를 외면하거나 부정하는 것이 아니다. 그는 일상적인 말들을 일상적이라고 할 수 없는 방식으로 운용하여, 우리의 삶이 머금고 있는 **지금 – 여기의 다른 것을 지금 – 여기에서** 펼쳐내었다. 과연 "무슨 대화가 오고 간 것일까?"(「시인의 피 5」) 잠재성의 실험으로 가득한 그의 시집을 읽은 다음, 우리가 대면하게 되는 물음은 바로 이것이다. 우리는 김경주의 이번 시집이, 다 읽은 후에도, 결코 소진되지 않을 물음을 계속해서 소급해내는 힘을 머금고 있다는 사실을 곧 깨닫게 될 것이다.